그냥, 그렇다고

그냥, 그렇다고

그냥 사람 사는 이야기

글 짧은대본 그림 아리

포르★케

새로운 무언가를 만들어 내야 한다는 압박의 끝엔 항상 이 질문이 있다.

'넌 이게 재밌니?'

3인칭으로 내가 어떤 것에 웃고 무엇에 떨리는지 관찰하며, 매너리즘과 싸우다 보면 결국 수많은 거짓 문장과 단어가 걸러지고 진정 내가 말하고 싶던 한두 마디만 남는다. 그렇게 만든 드라마에 누구는 힘을 얻고, 누구는 눈물 흘리고, 부끄러워지고, 화를 낸다는 게, 같은 나를 두고 다양한 해석본이 존재했던 우리 인생과 참 닮았다.

이 책은 그냥 사람 사는 이야기이다.

이 이야기가 누구에겐 연애가 되고 우정이 되고 사랑과 이별 이야기가 되는 것은 내 몫이 아니다.

아무 페이지나 열어봐도 좋은 책이 되었으면 좋겠다.

아무 때나 봐도 좋은 친구처럼 짧은 대화를 이어간다면 그것으로 완벽하다.

짧은대본 ∗

2부 눈물 *

3부 <u>위로</u>

4부 관계 ✳

1부

마음

"마음은
시작을
모른다"

시작은 다 그렇더라

"넌 그 사람이 왜 좋아?"

"우리가 언제부터 친구였지?

비슷해, 그거랑.

이미 시작해 있더라."

언제부터 좋았어?

마음은 시작을 모른다.

이미 시작해 있기 때문이다.

그럴 수 있을까?

우리는 첫사랑과 결혼할 수 있을 거라 생각한다.

당연하지, 이렇게 좋은데?

누구와도 헤어질 수 있고

또 누구와도 만날 수 있다.

좀 더 어렸을 때 알았다면,

시계를 돌려 그때로 돌아갈 수 있다면

우린 정말 완벽한 첫사랑을 만날 수 있을까?

보내고 싶은 말

사랑해 보고 싶다.

사랑 해보고 싶다.

사랑해보고 싶다.

왜 네가 좋지?

"뭐든 잘하는 게 좋지 않나?

근데 애는

딱히 잘하는 것도 없는데…."

덜 편하다는 건

"너 왜 나한테 잘해줘?

네가 날 막 대하지 않아서 조금…

덜 편하달까?

그게 불편하다는 말은 아닌데 뭐랄까,

'내가 널 좋아하는 것 같다?'

그러니까 너도 나 막 대해. 알았지?"

백 마디 말보다

"야."

"왜…"

"너 고기 먹고 싶지?"

"응!"

너랑 술 마시는 이유

"왜 이렇게 많이 마셔?

안 가, 집에?"

"괜찮아. 어차피 네가 데려다 주니까."

너랑 영화 보는 이유

"디즈니 영화 개봉했더라, 그때 네가 말한 거."

"진짜? 보러 가자."

"이제 다른 사람이랑 가.

너 남자 많잖아."

"싫어, 난 너랑 보러 가는 게 재밌어."

"난 애니메이션 싫다니까?"

"그러니까,

그러니까 재밌지."

유사 연애

"이성인데 친구인 이유는 있겠지.
네 말대로 얘가 나를 좋아하는데
나는 모르는 척하고 있거나,
서로 못 사귀는 절대적인 하자가 있을 수도 있고,
아니면 좋아하는데 서로 사귀자니 상처 줄 것 같고,
안 사귀자니 얘는 너무 매력적이고.
그래서 곁에 두고 유사 연애하는 거지.
더럽게 이기적인 거야, 그거."

"그럼 이성친구 있으면 다 이기적인 거예요?"

"아니지, '이기적인 마음이 있었는데 없습니다',

이게 딱이네."

"무슨 소리야? 괜히 물어봤어."

친구가 더 편하지만

애인과 사랑을 한다.

어쩌면 우린 불편해지지 못해서

편한 게 아닐까.

방어 기제

"그 사람, 맘에 있나 보네?"

"뭐가?"

"너 맨날 반대로 얘기하잖아.

좋으면서 '나 진짜 싫어.'"

"내가 그래?"

왜 전화했어?

"여보세요."

"어, 여보세요, 뭐."

"뭐? 네가 전화했잖아."

"오빠한테 너? 뭐 하는데?"

"몰라."

"퇴근했겠네."

"어."

"카페 사장은?"

"몰라, 카페에 있겠지.

왜 나한테 찾아? 왜 전화했어?"

"뭐 용건이 있어야 전화하냐? 그냥….

야, 너희 어머니 김치 안 담그시나?

우리 집 김치 없는데, 이제."

"몰라, 물어볼게."

"그래. 물어봐, 한번.

…야."

"왜 자꾸? 할 말도 없으면서.

나 추워. 끊어."

"알았어, 잠깐만.

그…, 너…, 잠깐만. 어…."

"어."

"생일 축하한다."

생일 축하한다.

좋아한다? 아니면 사랑한다?

사랑할수록 설렌다?

좋아할수록 설렌다.

좋아할수록 편하다?

사랑할수록 편하다.

좋아할수록 화장이 더 짙어진다.

사랑할수록 서로의 민낯에 더 빠진다.

가장 좋은 순간이

너무 좋다.

만약에 우리 헤어지면,

이 기억 때문에 엄청 슬플 것 같을 만큼.

가끔은 그대로 있는 것도

모두가 바쁜 세상이라면

우린 가만히 있어야 서로가 보이지 않을까?

그랬으면 좋겠다

'정말 상상도 못 했다'라는 말은

'너무 상상해 왔었다'가 아닐까.

네

"영화 볼래?"

"네."

"술 마실래?"

"네."

"관심 있는 사람한테나 그렇게 대답해."

아무한테나 '네, 네.'

그냥 영화 보고 싶어서?

술 마시고 싶어서?

솔직히 아무하고나 하는 거 아니잖아.

"좋아하면 보면 되지"

간단한 건데.

좋아한다. 본다.

그런데 그게

세상에서 제일 어렵다.

네 탓 아냐

"전에 만났던 애가 그러던데
내가 누굴 챙겨주는 게 스스로 우월해지고 싶어서래.
상대방보다 못난 건 싫고,
그러니까 누가 챙겨주면 불편한 거.
나 같은 사람이 딱 고생하기 좋은 팔자라고 하는 거야.
줄 줄만 알고 받을 줄 모른다고."
"야, 팔자는 무슨.
네가 이상한 애들만 만나서 그런 거 아니야.
어떻게 그런 말 듣고 가만히 있냐."

봉투 값

"넌 이상형이 어떻게 돼?"

"이상형은 없는데?"

"돈 많은 남자?"

"너무 좋아, 진짜. 어땠어? 아, 나 그런 거 있다.

만나는 사람과 밤에 나와서 편의점 음식을 막 털어.

'봉투 드릴까요?' 그러면 봉투 값 아까우니까

찌질하게 '아니요' 하고

둘이서 짐을 나눠서 들고 가.

근데 그 모습이 너무 자연스러운 거지.

그런 거? 난 그런 게 좋아."

헤어지면 솔로야?

사귀는 사람이 있을 때
솔로처럼 행동하면 안 되는 거지?
근데 헤어지고
바로 솔로처럼 행동하는 건?

어떻게 헤어졌다고
바로 변해?

"나는 헤어지자고 하면 정말 끝이야"

"너 어떻게 헤어졌다고 바로 변하냐.

이럴 거면 사귈 때

나 좋다고 하나부터 열까지 간섭하지를 말든가.

이렇게 바로 사라질 거.

넌 그냥 나보다

네가 '헤어지자고 하면 끝'이라고 한 말,

그거 지키는 게 더 중요한 거잖아."

미안해

미안하다고 하기 죽기보다 싫었는데
막상 하고 나니까 이제야 좀 살겠다.

나만 보는 매력

"다시 한번 말하지만 사랑하지 않는 게 아니야.

다만 나라는 사람은

아침 9시 30분에 누굴 만나는 사람이 아닌데,

아무 데서나 '사랑해'를 남발하는 그런 성격도 아닌데,

또 미안하다는 사과도 절대 먼저 하는 사람이

진짜로 아닌데,

이렇게 나만 보는 게 얼굴에 뻔하니까.

뭐 나도, 이러니까 잘할 수 있는 거 같기도 하고."

고민

내가 싫어서

널 바꾸는 게 나을지

아니면 내가 좋아서

네가 바뀌는 게 나을지.

우리가 싸우는 이유가

'헤어지려고'가 아니라

'만나려고'잖아.

너랑은

싸우는 것도 좋아.

*

2부

눈물

"서로 그게 좋다고
맞춰져 버렸는데 그게 싫으면
어떻게 해요"

쉬운 건데

좋은 행동을 하는 좋은 사람.

나쁜 행동을 하는 나쁜 사람.

해가 떠 있는 날은 좋은 날.

비가 내리는 날은 나쁜 날.

그런데 왜 난

비 오는 날 더 위로받을까.

우린 뭐였을까

이벤트 탕이라고 있다.

들어가 보면 뜨겁지도 않고 차갑지도 않고

오래 있기 참 편하다.

단어가 참 웃기다.

이벤트.

겁

부딪치기 전에는

왜 벽을 못 볼까.

우린 사랑을 놓친다.

아무것도 안 해서,

혹은 너무 많은 걸 해버려서.

안 맞는 연애

우린 지금 사귀는 중일까,

헤어지는 중일까.

"처음 누구 만났을 때 기억나?"

"첫사랑?"

"처음엔 내가 어떤 사람을 좋아하는지

확실하게 알았던 것 같거든.

근데 그 사람한테 데이고

'다른 사람을 만나볼까,

또 다른 사람을 만나볼까?'

이러다 보니까….

나 원래 어떤 사람을 좋아했지?"

말해줘

"동갑은 맨날 싸운다던데
우린 되게 잘 맞나봐.
나 싫은 거 없어?"
"나 때문에 억지로 바뀌는 거 싫어."

나 싫은 거 없어?

"왜? 그게 날 위한 걸 수도 있지.

맨날 참다가 어느 날 나 싫어지면?

그럼 나 버릴 거잖아."

말 안 한 거짓말

"나 거짓말은 안 해.
지금 이 술자리도
물어보면 다 말할 수 있다니까?"
"안 물어보면?"

"그래도 나 안 숨기고 다 말하잖아.

전화도 다 받고….

그러면 내가 막 거짓말했으면 좋겠어?

나 다 말할 수 있다니까, 진짜?"

"어제 누구한테 업혀 왔는데?"

"미안, 못 본 줄 알았어."

"다르면 맞춰가기라도 하지,

이건 틀린 거잖아."

가야 하는 사람

"내가 더 보고 싶으니까 그 사람한테 가고,
내가 더 사랑하니까 먼저 연락하고.
나는 그 사람한테 가야 되는 거고,
그 사람은 나한테 와주는 거래요."

내가 놓으면 끝나는 연애

"넌 그거 모르지?

나 때문에 사귀는 느낌."

권태기

"너 지금 싸운 김에 헤어지고 싶잖아.

그거에 타당성을 찾고 싶은 거잖아.

쓰레기가 될까 봐 헤어지지 못하고 있는 거 아냐?

근데 싫은 사람을 더 만나고 있는 건?

그 사람 입장에서 생각해 봐.

어떤 게 더 비참할까."

어떤 게 더 비참할까.

"오래 만난 커플이
언제 가장 많이 헤어지는 지 알아?"
"밥 먹을 때?
싫어하면 밥 먹는 것도 꼴 보기 싫어지잖아".
"멀리 여행 갔다 왔을 때."
"의외다."
"너무 오래 만나서 이제 다 해본 거지.
특별한 데 가면 좀 나아질까 싶어서 여행을 갔는데,
그 좋은 데를 갔는데도 전혀 좋지가 않아.
근데 이유가 둘이 가서인 거지.
갔다 오면 이제 둘이서 갈 데가 없어.
그래서 헤어진대."

너 변해가고 있어

"이대로 가면 우린 헤어질 거야."

그 사람에게 알릴 방법은 이별밖에 없었다.

우린 겨울이 되어서야

지난 여름이 그립다.

변했어

변한다고 수백 번 말해도

변하지 않는 게 사람이라서

결국 사랑이 변한다.

그 사람은 안 이랬는데

이별 후 다른 사람을 찾는 건
그 사람 생각을 하지 않기 위함일까,
아니면 더 하기 위함일까.

미련

끝난 이유를 찾아야 하는데

자꾸 처음이 생각난다.

아픔의 이유

내 연애가 늘 아팠던 이유는 사랑해서였다.

난 이 사람을 사랑한 걸까,

이 사람과 사랑했던 순간을 사랑한 걸까.

나 때문에

"처음엔 그냥
다른 사람 때문에 힘들어 하는 걸 보고
'그만 울었으면 좋겠다'였거든.
**그래도 나 때문에 웃고 즐거워 하니까
조금만 더 잘해주면 완전히 다 나을 거 같은 거지.**
그런데 이제 나 때문에 울고 있더라.
그게 진짜 최악이야, 최악."

놓치는 순간

"걔는 주구장창 나만 봤잖아.

쓰레기 같은 거 아는데,

고마운 줄 몰랐어.

안 보여.

제일 거지 같은 게 뭔지 알아?

놓치자마자 보여."

연애는 많이 할 건데

내 연애가 안 맞는 이유가

이 사람 때문인지. 그 사람 때문인지

여러 사람을 만나고 있다고 생각하는데

결국 평생 한 사람 만나고 있는 건지도 모른다.

3부

위로

"힘들면 그냥
울면 돼.
속 시원해지고 좋아"

어떤 사람이었어?

"착할 땐 착했고 나쁠 땐 나빴고
사람 다 똑같지 뭐.
그냥, 그 사람은
나랑은 안 맞는 사람이었어."

헤어지면 끝.

헤어지고 다시 만날 수 있어?

"말한다고 고쳐지는 거면 만났지.

어떤 건 인생에서 큰 상처를 받거나

태풍, 해일 같은 계기를 만나야 고쳐지는 거라.

다시 못 만나.

헤어지면 끝."

친절한 사람이 진국이야

"근데 잘 알아야 하는 게,
남들한테도 친절한 사람은
아무 데서나 다 친절한 거다?
다른 이성한테도."

일단 만나.

일단 해봐

"나중에 울고불고 후회할까 봐 안 만나고.

그것만큼 멍청한 일이 어디 있어?

일단 만나.

힘들면 그냥 울면 돼.

속 시원해지고 좋아.

경기에서 지면 후회한다고 하잖아."

진 거는 후회 안 해.

열심히 안 한 거, 그걸 후회하는 거지.

좋은 이별은 없다

"좋은 이별?

지나고 안 건데

우린 잘 헤어졌다."

아직 안 헤어졌다

"헤어지고 편한 것보다

서로 어색한 거,

그게 나을 수도 있죠."

커피에 달걀 추가

"솔로가 길어져서 그런가?

점점 부족한 게 없어져.

또 점점 편하다? 혼자가."

"빨리 아무나 만나. 그러다 큰일 나."

"연애는 필수가 아니라 추가 사항.

피시방 커피에 달걀 추가가 되기는 하잖아?

그런 거래, 연애는."

안 돼도 운명

"될 사이는 물처럼 넘어가는데

안 될 사이는 침만 삼켜도 사레 걸리잖아요.

전 운명이 좋아요, 자연스럽고."

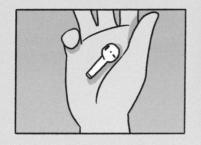

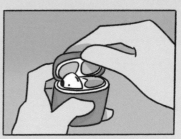

있는 그대로를 좋아한다는 말은

"사랑, 이게 단어만 들으면 추상적일 거 같지?

좋은 게 좋은 거라고

추상화도 물감 붓칠 작업은 구체적일 수밖에 없어.

생각해봐.

너를 그리는 사람이

널 대충 보지는 않을 거 아냐.

오목조목 다 뜯어보지.

단점도 모두 장점으로 봐주는 게 사랑인 거지.

있는 그대로의 나를 봐주는 거?"

있는 그대로 본다는 건

단점은 그냥 단점이라는 소리야.

잘 봐

"사랑한다고 하는 게

내가 그 사람을 사랑한다는 건지

내가 하는 연애를 사랑한다는 건지,

그걸 잘 봐야 한다고."

바람의 기준

"그것도 바람이에요.

다른 이성 앞에서 지금 연애 별로인 척하는 거.

그러면 그 틈으로 다른 이성들이 넘어올 것 같죠?

절대 아닌데."

될 사람 안될 사람

"한 개만 좋아도 만나.
안될 사람은 백 개 좋아도
한 개 못 이겨서 헤어져.

가장 아픈 말

"'나 너 싫어, 헤어져.'
이 말보다 더 아픈 말이 뭔지 알아?

'미안해.'"

무책임한 행동

"마음에 있다, 없다
반대편에 브레이크 안 걸어주면
그거 무책임한 행동이거든.
네가 만난 그 사람들처럼."

헷갈리게 하는 사람

"헷갈리게 하는 사람이 어딨어.

내가 헷갈리고 싶으니까 헷갈려 놓고

그냥 남 탓하는 거지."

당연한 이치

"전 사람 확실히 정리하고 썸을 타든가.

일 끝났는데도 퇴근 안 하면

계속 일 불려 다니는 거 당연한 거예요."

당연한 거예요.

이성 친구

"난 이제 좀 친해졌다 싶으면

걔가 꼭 고백을 해서 끝나.

아직까지 내가 알고 있는 남사친 개념은

한쪽이 좋아하고 있거나

한쪽이 모른 척하고 있거나.

두 상황뿐이던데?"

친구 버튼

"나는 누가 신발 끈 하나만 묶어줘도

하루 종일 생각나던데.

그냥 손잡고 그냥 안고 그냥 뽀뽀하고 그래도

'우리 친구다'라고 하면

하나도 안 설레는 버튼 같은 게 있나?

그냥 궁금해서.

친구라고 해놓고 속으로는 둘이 설레하고

즐길 거 다 즐기면

그 사람만 보는 사람은 너무 불쌍한 거 아닌가."

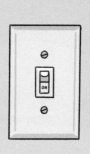

"네 신발 끈은 왜 항상 풀려 있냐?"

"저거 원래 잘 풀리는 신발이에요."

"원래 잘 풀리는 게 어땠냐, 안 불편해?"

"불편하죠. 매번 묶어도 풀려 있고.

근데 못 버려서 그냥 불편한 채로 살아요."

"그 신발, 불편하면 그냥 버려.

불편한 신발 네가 계속 신잖아?

그땐 네 몸 버렸어도 넌 할 말 없는 거야."

늘 나쁜 사람만 만나는 사람에게

"내가 말했지?

알고도 하면 네 탓이다.

넌 아니어도 사람들은 그렇게 생각해.

끼리끼리 만나는구나."

태도가 진실이 되지는 않는다

"당당하다고 다 진짜 같지?

오히려 거짓말쟁이들이

눈 더 똑바로 쳐다보고 얘기해."

저기 CCTV 보이지?

"저기 CCTV 보이지?

저게 24시간 동안 널 찍어서

모두가 보고 있는 곳에 내보내졌을 때

떳떳한 행동만 해.

그게 올바른 행동이야."

"24시간 CCTV 달아놓고 감시당하면

살 수 있어?"

"아니, 어떻게 살아."

흘, 짝

"커플 사이에 껴서 놀지 마.

집에 혼자 갈 때 외로워."

4부

관계

"사랑도 우정도
상대를 함부로 대할 수 있는
권리가 아니야"

인간관계

"난 노래 하나 꽂히면 그것만 들어.

인간관계도 넓고 얕을 바에야

그냥 깊고 좁은 게 더 좋아."

어른들은 친구에 목매지 않는다.

평생 가자던 친구와의 이별이

생각보다 아무렇지 않다는 것을 그들은 알고 있다.

그런데도 우리를 만나면 꼭 이렇게 말한다.

"젊었을 때 친구 관리 잘해야 한다."

나를 알아봐 주는 사람

"부르면 '나? 나?'거리면서 확인하고,
일단 부정적으로 답해놓는 거 보면
기대받기는 두려워 하는데
"망했어, 빠쳐" 하는 거 보면
관심은 또 고프고.
되게 쉽게 파악된다, 너."
"아닌데 사람들이 나한테 맨날 '세 보인다',
'싸가지 없어 보인다' 그러는데."
"아니야, 너 엄청 착해."

웃음거리

"다 같이 있는 곳에서 아무도 말을 안 해, 뻘쭘하게.

난 그러면 못 견디겠어.

그래서 막 웃어, 내가 잘못한 게 있는 사람처럼.

원래 남들 웃게 해주면 웃음거리 되는 거야?

처음엔 웃는 게 좋다 그랬으면서

이제는 웃어서 싫대."

잘하는 게 없을 수도 있지

"피아노 보면 무조건 앉고 보는 애 있잖아.

아, 기타도. 그거 나다?

근데 맨날 아무것도 못해.

나 할 줄 아는 게 없거든.

한심하지?"

무서워

"알지, 내 이미지.

오해받기 쉽고 소문도 잘 나는 거.

그래서 나 아무것도 안 하거든.

그거 알아?

소문은 무서워하는 사람한테 더 잘 들러붙는다?

귀신같아."

넌 착해서 좋아

"착하다는 의미가

내가 착해서야,

아니면 계속 착하길 바라서야?"

나쁘게 살자

"착한 사람이 나쁜 짓 하면
그동안 착하게 살아왔는데
좀 봐줘야 하는 거 아닌가.
왜 '착하게 봤는데 저러냐'고
두 배로 욕을 먹는 건데."

우정이든 사랑이든

"친구라고 해서 기분 나쁘게 할 권리 있어?

그렇게 옆에서 내 단점 수집하다

나중에 등에 칼 꽂을 거면

나 싫다고 솔직히 말하고 절교해.

사랑도 우정도

사람 함부로 대할 수 있는 권리 아니라고."

좋지만 싫은

"내 치부를 하나씩 깔수록
서로 믿음이 생기는 것 같아.
'너는 나를 안다' 이런 거 있지.
근데 시간이 지나고 내가 괜찮아지면
널 안 보고 싶을 거 같아."

지금 내가 괜찮은 게

널 배신한 기분이 들 것 같거든.

식은 사이

"저녁 먹었어?

난 저녁 먹으면서 한잔. 닭강정하고.

응, 식어도 맛있어.

식어서 맛있나."

주인공과 조연

"주인공은 죽는다 싶으면

누가 와서 막 지켜주잖아요

전 아무도 안 지켜줘요.

죽는 역할이니까."

자존감 바닥

그냥 내가 쓴 향수가 지독하다고 한 말이

내가 뿌리면 향수도 지독해진다고 들린다.

내 문제다.

문제인 걸 잘 아는 내 문제.

천재

"나 초등학교 때 공부 진짜 잘했는데.

엄마가 맨날 우리 아들 천재라고.

뭐만 하면 천재, 천재.

근데 언제였더라, 방정식?

수학에서 이해가 안 되는 거야.

그러면 더 열심히 해야 하잖아.

아예 시작도 안 해, 나 수학 관심 없다고.

도전이 무서워.

실패하는 이유가 내가 열심히 안 해서가 아니라

내가 천재가 아닌 거니까."

다이어리는 왜 쓰는 거야?

"너 다이어리 써?
인스타처럼 여러 사람이 보고 '좋아요'
누르는 것도 아니고 혼자 보는 건데,
왜 예쁜 스티커 사 붙이고 자기 시간 써 가면서
공들여 꾸미는지 난 도저히 이해가 안 된다?"

"다이어리를 쓰면 저 날 내가 기분이 좋았구나.

아니면 몰랐는데 나 저 때 힘들었구나.

하루 종일 재밌었어도 한 마디 잘못 들으면

전 그게 남아요.

그럼 그날은 다이어리가 아니라 반성문."

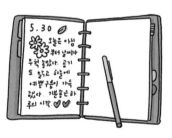

나에게

"너는 쓰레기가 아니다.

내가 너를 절대 버리지 않을 거니까."

될놈될과 안될안

가끔은 엄청난 일을

아무렇지도 않게 해버리는 애들이 부럽다.

난 왜 당연한 것도 이렇게 어렵고 복잡한지,

될놈될과 안될안.

그래도 그 사람들에게 해줄 말은 똑같지 않나?

잘했다.

잘했어.

참 좋을 때

지금이 참 좋을 때라는데,
아직 지나 보지 않아서 그런가?
그냥 똑같이 치이고, 똑같이 배고프다.
하지만 결코 '나쁘다'는 아니고,
'좋다'라고 하기엔 좀 억울하고.

그냥… 괜찮다?

오,

괜찮다.

그냥, 그렇다고

어떻게 보면 많이 무의미하지도,

그렇게 유의미하지도 않은 게 사람 사이 같다.

모든 행동에는 책임이 따르지만,

모든 일에 책임을 질 필요는 없는 게,

지금 좋았던 기억이

나중에 가장 아픈 추억일 수도 있고,

마지막이라 생각했던 사람과

이유 없이 평생 갈 수도 있는 게

어찌 보면 지극히 평범한

사람 사는 이야기니까.

그래서 할 말 다 하고 끝에 이 말 하나 붙인다.

그냥, 그렇다고

그냥, 그렇다고

2021년 12월 29일 초판 1쇄
2022년　 7월 20일 초판 4쇄

지은이 짧은대본
펴낸이 박영미
펴낸곳 포르체

편　집 임혜원, 이태은
마케팅 이광연, 김태희
표지디자인 최희영
본문디자인 씨오디Color of Dream
일러스트 아리Ari

출판신고 2020년 7월 20일 제2020-000103호
전　화 02-6083-0128 | **팩　스** 02-6008-0126
이메일 porchetogo@gmail.com
포스트 https://m.post.naver.com/porche_book
인스타그램 www.instagram.com/porche_book

© 짧은대본(저작권자와 맺은 특약에 따라 검인을 생략합니다.)
ISBN 979-11-91393-52-1 03810

여러분의 소중한 원고를 보내주세요.
porchetogo@gmail.com